Desgracida

Dalton Trevisan

Desgracida

todavia

Ministórias 7
Mal traçadas linhas 195

Canteiro de obras 239

Ministórias

Ora direis

— Ai, primeira vez nuinha. Só de salto alto. Puxa, como é linda. Ver você e nunca, nunca mais morrer. Olhe este peitinho.

— Cuidado. Que dói.

— Ui, tirar leite deste biquinho. Agora se vire. Não. Assim. De novo.

Aquela confusão medonha.

— Deixe, amor. Só um pouquinho. Não se arrepende.

— Ai, não.

Desgracida de uma peticinha sestrosa.

— Tenho medo. Não quero.

Beijos molhados na penugem do pescoço — ó rica pintinha de beleza.

— Posso me cobrir?

Santa vergonha de estar nua — a última virgem de Curitiba.

— Ainda não. Quero você bem assim. Nos meus braços.

Salto alto, a bundinha em riste. Seio de olhinho aberto, um para cada lado. Ó vertigem da página em branco.

— Tudo. Menos beijo. Na boca, não.

Ora direis, ouvir estrelas.

O varredor

Entra ano
sai ano
e eu?
varrendo sempre
as mesmas folhas secas
das mesmas velhas árvores
nesta mesma cidade fantasma!

A família

— Já vejo que o nosso patriarca está em plena forma. E a família, como vai?
— Família assim numerosa. Sabe como é.
— ...
— Tem sempre nos quartos uma gargalhada de homem.
— ?
— E sempre alguma mulher chorando pelos cantos!

Pobre mãezinha

Os gêmeos voltam inquietos da escola. Primeira aula de educação sexual. Seis aninhos, e já perdidos na busca da verdade.

— Sabe, mãe, o que é transar? Então me diga.

A moça desconversa. Um jogo? um brinquedo? uma ginástica? Reservado só para adultos. Mais tarde eles... O pai pode explicar melhor.

Nem uma semana depois. O mais espevitado:

— Mãe, mãe, já sei o que é transar.

— E o que é, meu anjo?

— Transar é um menino beijar na boca de outro menino!

A mãe se assusta com razão.

— Alguém fez isso com você?

O outro, tipo sonso:

— Ih, mãe. O carinha tá por fora. Não é nada disso.

Sossega a moça, mas não muito.

De novo, os seis aninhos de sapiência nas ruas da vida:

— Transar é o menino pôr o pipi na popoca da menina!

A mãe queda muda. Você não conseguia definir melhor.

Eis que o primeiro ensaia um choro sufocado, cada vez mais doído.

— Meu Deus, filhinho. O que é agora? Por que está chorando?

— É isso o que o pai faz...

Os pivetes se entendem num simples olhar (não fossem gêmeos), e o segundo:

— ...na minha mãe!

Já rompem violentamente aos soluços.

— É isso... Então é isso... Na minha pobre mãezinha!

Desesperados e inconsoláveis. E agora, mãezinha? Só lhe resta abraçá-los e chorar com eles. Chorar muito a inocência perdida de todos nós.

Um minuto

Mais uma vez, ali na porta, a eterna dupla de crentes. Altos e loiros. Camisa branca e gravata cinza.

— Alô, mocinha. Só um minuto. Já conhece a bíblia?

Os quinze aninhos furiosos de tanta reza, palmas e cantoria no templo vizinho:

— Eu sou comunista!
— É uma edição...
— E também sou puta!
— Em nova tradução de...
— Um cliente rico me chama lá dentro!

E ao ouvir os passos da mãe, fecha depressinha a porta.

Que seja

O pai, em visita:
— É uma bagunça a tua casa. Igual à tua vida, meu filho.
— Não é assim tão...
— Trate de arrumar logo uma mulher.
— Sabe que...
— Ao menos, uma namoradinha.
— Bem eu...
— Que seja então uma diarista!

Hoje estou bem

Hoje estou bem
um biscate de servente de pedreiro
na luta desde manhã
puxando brita e areia
sem filho sem casa sem emprego
essa mulher tirou tudo de mim
agora faço qualquer coisa
pra sobreviver
até moro com a mãe de 74 anos
que me ajuda no sustento.

A festa

O mocinho:
— E os outros convidados? Onde estão?
O velho senhor:
— Entre. Fique à vontade.
— Essa mesa arrumada... só para dois?
— É que a festa...
— ?
— ... a minha festa é você!

O amante

— Estava no boteco da esquina. Um tipo faceiro se chegou: *Você é o José?* "Sou." *Tua mulher é a Joana?* "Por que pergunta?" *Sou amante dela.*
— Barbina.
— Na hora pensei em acabar com o vagabundo. Guarda municipal, ando armado. Sorte que ele trazia uma criança pela mão. Desisti. Essa mulher na mesma hora saiu da minha vida. Nem sei se ainda existe.
— Nunca mais viu?
— Vi, sim. Uma vez. Fui descer do ônibus. Ela se bateu em mim. Me cuidou no olho, muito assustada. E sumiu no meio do povo. Parei e espiei pra trás — lá se foi, rebolando. Linda no vestidinho vermelho curto.
— ...
— Que desgracida, hein!

O castigo

A mulher:
— Veja o bracinho desta coitada. Ai, os beliscões que levou da Tita. Eu cansei de... Você tem de castigar!

O pai convoca a pequena sadista:
— Tita querida, cê pensa que não dói? Olhe o braço todo roxo da tua irmãzinha. Quer sentir como é?

De novo a mulher, aos gritos:
— Veja o que fez no bracinho da Tita!
— Epa, quem me pediu pra...
— Castigar, sim. Não com força. Assim foi demais.
— Só um beliscão de leve...
— Ela é uma criança. Mas você. Quem diria.
— ?
— Casei com um monstro!

O cavalinho

Atropelado na linha do trem perdi um taco da perna. Ando, só que manco. Catando papel trabalho agora com a carroça.

Não é que amarrei o cavalo a par dum barranco? O meu pangaré foi comer capim e caiu direitinho no buraco.

Se quebrou todo. Quis acudir, quem dera. Demais pesado.

E o parceiro morreu.

Fiquei sem serviço. Vendi metade do barraco pra comprar outro animal. Assim podia juntar papel e dar sustento pros filhos.

Daí passou um tipo lá e roubou o cavalinho de mim.

Lá do além

Sete anos viúvo. E muita noite ainda acorda com os gritos no quarto:

— Eliseu! Eliseu!

Ai, não. Lá do além, ela. A eterna contenciosa e iracunda.

— Eliseeeu!

Não desiste nunca.

— Quem é essa tal Marilu?

O genro

— Pai, o João foi convidado para trabalhar em São Paulo. Passagem paga, pensão e tudo. De lá, pode mandar dinheiro todo mês. O meu medo é que não mande. Ou pior, nem volte. O que o senhor acha?
— Se ele for e mandar o dinheiro, acho legal.
— ...
— Se não mandar, tudo bem.
— ...
— Se não mandar nada e não voltar, melhor ainda.

Louvação 1

O amor às tuas prendas
— ó bunda bundinha bundona —
afina o som brejeiro da Trinca do Chorinho
move o relógio de flores na Praça da Feirinha!

O piano

A velha pianista, dedos crispados pela artrose, já não pode tocar. Tampouco ensinar, os alunos perdidos. Sozinha, mal sobrevive. De tudo se desfaz, por qualquer preço. Menos do piano.

A amiga, em visita:

— E esse piano, de marca famosa, agora fechado... Por que não vende? Decerto vale um bom dinheirinho.

— Ah, esse piano, não posso.

— Por quê?

— Assim fechado — ouça! — ele toca ainda para mim.

Ausência

— Fui internado dos nervos, o senhor sabe. Lá no Asilo Nossa Senhora da Luz. Um par de vezes. A mulher que me obrigou.
— Essas mulheres.
— Crise de ausência, diz o doutor. Eu saio fora de mim mesmo.
— ?
— Com o tal choque elétrico.
— !
— ... depressinha eu volto.

O monstro

A menina:
— Pai, a mãe mandou chamar o monstro do pai que o almoço tá na mesa.
— Ei, que história essa de...
— É pro monstro do pai vir logo senão a comida esfria.

Irmãos

— Poxa, toda vez que te encontro levo um susto.
— ?
— Cada dia você parece mais comigo do que eu mesmo!
— E a mim? Sabe o que dizem?
— ...
— Sou a imagem pronta e acabada do nosso pai.

Odores e perfumes

E em todas as ruas e praças
lírios erógenos
sobre todos os aromas
lúbricas glicínias
o de tuas mocinhas em flor
líricas papoulas
nos vestidos de nuvem e algodão-doce
bocas-de-leão carnívoras
jardins suspensos em marcha
híbridas catleias
caramanchões de risos e tranças
rosas psicodélicas
cada uma canteiro florido
girassóis afrodisíacos
inebriando o tempo e a história

O segredo

O segredo de Fernando Pessoa?
Aprendeu de menino a escrever e a pensar na língua inglesa.

A virgem

Três aninhos descalços no roupão de banho e a toalha na cabeça, brancos um e outra.
A avó:
— Nossa. Parece a Virgem Maria!
A pessoinha, de bico:
— Não quero ser virgem. Nem parecida com a Mirinha!

Emiliano redivivo

Helena Kolody. Dulcíssima senhora. Professora emérita. Glória do beletrismo paranista. O Emiliano redivivo.

Poetisa maior? Ai de mim, menos que menor. Não mais que medíocre. Nem sequer o ruim diferente.

A nossa pobre santinha Maria Bueno do versinho piegas.

Só que, ao contrário da outra, não faz milagre.

No museu

O casal de curitibocas diante do autorretrato de Van Gogh.

O tipo faceiro:

— E por que ele cortou a orelha?

A dondoca:

— Pra mandar pro Gauguin.

Pausa.

— Ah, sei.

— ...

— E quem era o Gauguin?

Nova pausa.

— Uns falam que só um amigo. Outros, que o amante.

— Então o velho Van Gogh era uma delas?

— ...

— Bem desconfiei desse olhinho doce. Já me piscou duas vezes.

A chupeta

Ele confisca a chupeta da filha, que se consola sugando os pequeninos dedos.

Ah, é? Não aprende?

E o pai queima com a brasa do cigarro todos os dedinhos.

O viúvo

A solidão é minha tristeza. Me ocupo pela manhã no quarto. De tarde eu saio. Lá na pracinha com seis ou sete conhecidos. Aposentados como eu. Ficamos conversando. Cedo me recolho.

O divertimento dos outros já não é para mim. Ao circo ainda vou. Nada é como antes.

De volta à Pensão Bom Pastor com um jornal, às vezes uma revista. Um pouco de jornal, daí o rádio, logo me chateio. Mais jornal, suspiro, os pequenos anúncios, gemido. No fim começo a falar sozinho. Sabe que faz bem?

Me bato a noite inteira. A muito custo vem o sono. Mal fecho o olho, a corruíra canta debaixo da janela. Do meu pão o miolo é para ela. Falo sozinho. Mais gemido e suspiro. Invento micagem no espelho.

Sempre o radinho ligado. De repente o anúncio da *senhora viúva quer conhecer cidadão bem-intencionado*. Molho a caneta na língua e capricho a letra.

A primeira resposta muito desconfiada. Mais uma cartinha. Era uma por semana. Com medo desistisse. Ela demorava, eu escrevia na mesma hora. Quando outra chegava, ali aos pinotes: "Que é isso, rapaz? Tá doidinho?". Com o papel azul perfumado na mão. Dançando em volta da cama.

Afinal pedi um encontro: *Avise a cor do vestido, o que leva na mão. Eu te espero, sem falta.*

Se eu me descrevi? Lá sou bobo. Fosse uma bruxa, passava de viagem. Dois longos meses. Mais duas cartinhas. E veio a resposta: "*Estou de vestido marrom casaquinho verde gola branca, bolsa na mão. De óculo. No meio da escadaria da Catedral*".

Três da tarde. Um calor medonho. Fazia boa figura. Óculo de grau. Na mão uma bolsa preta. Subi dois degraus. Olhei e disse:

— Sou o João.

E ela:

— Eu, a Rosinha.

Mais moça e mais bonita que a finada. Olho bem azul. E loira do meu gosto.

Na mesma hora decidido. Essa me serve. Nunca mais a cama de pregos do Bom Pastor. Minha solidão, adeus.

Fique longe, tristeza.

Não é?

Toda unanimidade é burra.
Uma frase de aprovação unânime.
Logo, a frase é burra.

Amor de velha

O velho geme, espirra, tosse — e que tosse!
A velhinha, no fundo da cama:
— Isso mesmo. Continue assim. Não se cuide.
— ...
— Nada como um inverno bem frio.
— ...
— Faça de mim na primavera a mais faceira das viúvas alegres!

Duas facas

— Foi em agosto. Lá no quarto. Vimos um filme de santo na tevê. Ela ao meu lado. Toda gostosa. Quando acabou, peguei no colo: *Vem cá, docinho*.

— O propósito era transar com ela?

— Minutinho, doutor. Minha tenção foi agradar. Depois, sim. Nosso destino sempre a cama.

— E daí?

— Sabe que, sem aviso, me pregou uma unhada aqui — foi só sangue. Escorria no queixo. Manchava a camisa, logo a branca. Corri para o banheiro, molhei uma toalha. Me esvaindo diante do espelho.

— Tudo isso por quê?

— Ela foi atrás, rogava praga. Com sangue nas unhas afiadas.

— Não entendo. Por que te agrediu?

— Pensei muito. Devo ter feito algum comentário sobre o filme. O inferno que espera os ateus e capetas.

— Só por isso?
— Eu, católico. Ela, bruxa.
— ...
— São duas pontas de faca que se encontram.

A mão

— Vou pegar a xícara de café — e ela cai. Quero abrir a porta — e o trinco não gira. Que é isso, minha mão?
— Ai, nem me fale.
— Senti a vertigem. O famoso vento da asa da imbecilidade.
— Poxa, que...
— Não foi desta vez.
— ?
— Cinco dedos já respondem com firmeza.

A cara

O primeiro filho, tão esperado. O mesmo nome do avô — Josué.
Que brinca de dia e chora à noite. Sem parar. Noites inteiras, semanas seguidas.
O pai encontra um amigo, que se espanta: abatido, assim pálido, olheira funda.
— Puxa, que cara é essa, mermão?
O pai, num suspiro:
— Cara de Josué!

O muro

Entre
a mão
e
o seio
há
o muro

A roqueira

A senhora indiscreta:
— Quantos aninhos você tem?
— Quatro.
— Qual o seu nome?
— Diana. Igual à princesa.
— O que você...
— Odeio que me chamem Dindinha.
— ... vai ser quando grande?
— Uma roqueira bem famosa.
— Como é que...
Daí o pingo de gente:
— Peraí...
— ... já falei muito de mim.
— !
— Agora me conte tudinho sobre você!

Coisa ruim

O velho:
— Doutor, me apareceu uma bola deste tamanho aqui na perna. E, depois de um tempo, assim como veio, sumiu.
O médico:
— Decerto não é nada. Nem se preocupe.
— Será que...?
— Coisa que é ruim não desaparece.

O gemido

— Não acredito. Nunca te fiz gozar?
— Isso mesmo.
— Houve uma vez, sim. Bem que você gemeu.
— Eu? Nunquinha.
— Até gemeu alto.
— Agora me lembro. É mesmo. Eu gemi.
— Viu, amor?
— Essa tua fivela do cinto. Me machucando.

Louvação 2

Do alto de tua glória
— ó bunda bundinha bundona —
as pirâmides de Quéops Quéfren Miquerinos
me contemplam!

No banco

A menina acompanha a mãe ao banco. É a primeira vez.

Na entrada uma fileira de máquinas gigantes que nem pianos em pé. A mãe brinca de tocar música nas teclas.

E, aos olhos deslumbrados da pequena, a máquina cospe zuptzupt! uma pilha de notas estalando de novas. Puxa, assim facilzinho o dinheiro — é só pegar?

A mãe recolhe, dobra e guarda na bolsa. Não agradece nem nada. E, pronta para sair, segura a mão da filha.

Daí o projeto de gente a seus pés:

— E eu aqui, hein, mãe?

— ?

— Faz um pouquinho pra mim também!

A luz

Da discussão nunca sai a luz.
É no acordo de opiniões que ela se faz.

O neurótico

— Não olhe agora, doutor. Estão cercando a gente por todo lado. É tudo doido varrido.
— ...
— Curitiba já não tem lugar pra tanto louco.
— ?
— Quando chegar a sua vez, doutor, fique bem longe daqui!

O rabinho

Teu cãozinho dorme em sossego.

Você entra furtivo em casa. Lá no fundo do sono ele reconhece os passos.

E, sem acordar, bate o rabinho alegre no soalho.

O ninho

O nosso ninho de amor acabou. Pelo muito ciúme e briga demais. Destruidora de lar não sou. Nem pobre mulher fatal.

No último dia ele anda pelo quarto, as lágrimas rolam no rosto. Olha a cama. De tanta dor estrala os dedos.

Na vertigem do adeus me encosto na parede. Ele soluça:

— Da eguinha fogosa não mais sentir aqui o cravo ali o jasmim. Pastar os olhos nesses cabelos de ondas douradas rolantes ao sol.

E caindo de joelho:

— Cuide bem das unhas. Não esqueça. O esmalte carmim.

Não da mão, as do pé. Fixação no meu pé grande. E na minha coxa leitosa.

— Não deve apanhar sol.

Quer muito branca. Nem uma só mancha ou pinta.

— Ai, coxa alvíssima lavada em sete águas.

Chorando nos abraçamos. Retiro da parede a moça nua de Modigliani. Recolho os pufes e bibelôs. Na despedida me beija a testa.

— O meu coração? Uma brasa viva no peito.

Homens.

— Adeus, querida. Nunca mais hei de amar.

Esses eternos mentirosos. Ainda quando falam a verdade. Ou o que for.

O pum

A mãe:
— Filho, isso não se faz. Lá na sala. No meio das visitas. É muito feio.
— ...
— Quando quiser soltar um pum, você pede licença e vai ao banheiro.
— Eu sei, mãe.
— E por que não...?
— É que o pum tem mais pressa que eu.
— ?
— Ele não me espera chegar lá!

A sopa

A velha:
— Amor, não seja ruim. Prove a sopinha. Preparei com tanto capricho.
— Não e não. Já disse. Tome você.
— Humm, caldo de feijão. Que você mais gosta. Só um golinho, quer?
— Agora basta. Será que não entende? Igual a você não estou.
— ?
— Olhe aqui: *um* dente... e mais *outro*...
— ...
— *Dois* caninos inteiros, orra!

O braço armado

O filho é o braço armado da mãe contra o monstro do pai.

Mãos ocupadas

— Já que você não ajuda em nada, João, segure o nenê enquanto eu...
— Ih, meu bem. Estou com a mão todinha ocupada.
— ?
— Esta aqui mal chega pra bater a cinza do cigarro...
— ?
— ... e a outra é pouca pra virar o meu copito de vinho, hip!

Vestido molhado

A menina volta quietinha
da casa do João
a mãe pergunta o que aconteceu
por que o vestido molhado?
ela diz "não é água, mãe"
e conta que João a puxou pelo braço
a menina pedia "me largue"
e "o que é isso?"
ele tapando a boca
a levou pra dentro
a menina diz
que ele fez muita arte
e não, mãe
não viu o pipi do João

O crucifixo

— Ele fez a promessa de não tirar do pescoço aquele crucifixo na correntinha de ouro.
— ...
— E, quando a gente transa, a cruz fica batendo sem parar no meu rosto.
— ...
— Me deixa com tanta raiva de Jesus!

Édipo e Onan

Assim como Édipo
não tinha complexo de Édipo
(matou o pai
dormiu com a mãe)
Onan
(guru do coito interrompido)
não era onanista

Louvação 3

Ó bunda bundinha bundona
— a tua gulosa boca vertical
com a exata cesura entre as rimas ricas
não compõe os catorze versos clássicos
rematados em fecho de ouro
de um soneto alexandrino perfeito?

As vozes

Quietinho em casa.
Súbito despertam as vozes do silêncio.
Tosse tatibitate do relógio na parede.
A cadeira de vime estala e geme.
O peixinho vermelho rumina a dentadura.
Passos perdidos descem a escada.
Na cesta uma bola de papel se desenrola sozinha.
De quem essa bengala que tateia pelo corredor
e bate uma, duas, três vezes na tua porta?

Querida

— Olha ali um restaurante. Quanto carro. Sinal que é boa a comida.

— Mais uma horinha na estrada e chegamos em casa.

— Você com essa eterna mania de não parar.

— Tá bem.

— Ih, tanta gente. Apresse o garçom. Tô morrendo de fome.

— Ei, garçom. Nós queremos isso e aquilo. Bem rapidinho, por favor.

— Veja lá, aquele casal entrou depois de nós. E foi logo atendido.

— Paciência, meu bem. Mais um pouquinho.

— De novo. Ali, esse pessoal chegou mais tarde. E já tão servidos. Você não sabe nem cobrar do garçom.

— Ah, é? Quer pressa? Olha aqui, seu garçom de merda. Traz já a comida ou...

— Ih, que vergonha. Você é um grosso. Não tem educação. Só dá espetáculo.

— Amor, fiz isso por você. Se não me...
— Sempre sou humilhada em público. Foi a última vez.
— Mas, querida...
— Nunca mais entro num restaurante com você. Nunca mais, ouviu bem?
— ...
— E não sou tua querida!

Ausência

Estranhando na rodinha de café a ausência do amigo, decide visitá-lo.

Indaga ao porteiro:

— O Júlio está? Apartamento 19.
— Quer falar com ele? Muito difícil.
— Por quê?
— Morto e enterrado faz três dias.
— !
— Visita, só no túmulo 26, quadra 37.

Na moral

Enquadrei na moral.
— É um assalto!
Jogo a mina pro banco de trás. Chego assim no tipo:
— Toca até ali, que ali vou te largar.
Sabe, tio, o que o bacana faz?
Essa, não. Liga o carro e engata uma ré.
Fatal. Tive que dar nele.
Um, dois, três tecos na cara.

Dalila

Amor
o mesmo de antes
é o que Dalila reclama de você
pobre Sansão tosquiado
olho vazio sobre o nada

Nome difícil

A visita:
— Bidu, como é o nome do teu pai?
— Rarruul...
Isso mesmo, Raul.
— Nossa? Que difícil.
A pivete, dois aninhos:
— Né, não.
— ?
— Eu só chamo ele de pai.

D. Fernanda

" — Vamos fale, repetiu D. Fernanda.

— Não tenho que dizer.

D. Fernanda fazia gestos de incredulidade; apertava-a cada vez mais, passou-lhe a mão pela cintura, e ligou-a muito a si; disse-lhe baixinho, dentro do ouvido, que era como se fosse sua própria mãe. E beijava-a na face, na orelha, na nuca, encostava-lhe a cabeça no ombro, acarinhava-a com a outra mão. Tudo, tudo, queria saber tudo. Se o namorado estava na lua, mandaria buscá-lo à lua [...]. Maria Benedita ouvia agitada, palpitante, não sabendo por onde escapasse — prestes a dizer, e calando a tempo, como se defendesse o seu pudor."

QUINCAS BORBA, Ed. Jackson, págs. 264/5.

O nosso Machadinho sabia tudo sobre as mulheres.

Bicho-de-pé

Ao sol do meio-dia
estendido na areia
palmas na nuca
descalço
o piá frui deliciado
a cosquinha
na panela do dedão

O velho

— Vamos entrar, doutor.

Saudado na sala pela manada de elefantes coloridos de louça. Nhô João ali na poltrona, a velha na cadeira de palhinha. O amigo no sofá olhando para os dois.

Nhô João já não era.

— Bem doente.

A pastinha branca e lambida na testa — destruído, mas não vencido, ainda molha o pente na água.

— Que tal uma boa canjinha?

Com a doença encolheu. Dobrada a barra da calça.

— Nada mais apetece.

Ai, não, a canelinha quebradiça e muito branca.

— Doente de velho. Os anos apertando. Ocupo quatro médicos.

Um restolho seco. Cara de avô no corpo miúdo de menino. Sentadinho de castigo, o pé já não toca no chão.

Cabeça baixa, braço caído, não pode com ele nem ela. Amarelinho, magro no último, olho apagado.

— Melhor da vista?

Em sossego a velha não fica.

— Só enxerga de pertinho. As cataratas. É diabético.

A larga cinta de aros prateados fora dos passadores — sumida a famosa pança do grande comilão. Sobrando uma dobra ali na braguilha de botões abertos.

— Estou mal... bem mal...

Espanta a varejeira invisível que zumbindo voeja à sua volta — a doce morrinha do defunto maduro para ser colhido?

— Bobagem, nhô João.

Aponta no terceiro botão da camisa, por sinal quebrado.

— Um aperto bem aqui. Ele dispara.

Maldosa, a velha ataca:

— E falta de ar.

— Mas não da coragem, não é?

A mão em concha na orelha peluda.

— Que nada. É o fim.

A velha com a sentença definitiva:

— Esse aí ruim mesmo. Os dias contados. Não vai longe.

Os últimos dentes encardidos e prestes a cair — o colmilho dourado de estimação. Pescoço fino, barbela murcha. Óculo inútil no bolsinho.

Ali havia um homem gordo.

O cadáver pronto e acabado na sua pompa fúnebre.

Só falta a gravatinha para o retrato de pé no caixão.

O pai

Nenhum pai é perfeito, certo.
Quem sabe um, ao menos. Unzinho.
O velho Herrmann. Sem esse pai dos pais, o nosso Franz teria sido quem foi?

A galinha

— Até aquele dia tudo ia bem. Eu estava na chácara, lidando com as abelhas. Antes de pegar o ônibus, mudei de roupa, matei uma galinha.

— Bom provedor.

— Trouxe embrulhada no jornal. Fazer uma canja gostosa à noite. Torci o pescoço, chegou ainda quente. Abri a porta... Fui subir o degrau. Cadê perna?

— Como assim, José?

— A casa, quando entrei, vazia. O senhor sabe. *Vazia*. A bandida tinha levado tudo o que era meu. Fogãozinho de lenha. A mesa de fórmica. O sofá vermelho. Três elefantes de louça, pra dar sorte. Não deixou nada.

— Mas que...

— Junto da cerca, vi um monte de lixo. Tirei a galinha do jornal — e pinchei lá pro alto.

— ?

— O mais longe que pude.

Patins

A família se diverte na pista de patinação.
O pai, ofegante:
— Chega por hoje. Todo mundo já cansou.
O novo brinquedo?
— ...
— É descer do patim e andar de sapato.
A pessoinha:
— Menos eu.
— Ué, e por que não?
— Dá procês descansarem por mim...
— !
— ... que eu dou mais uma voltinha?

A língua dos caras

1º — Ninguém mais tem nome. Somos todos — *cara, ei, cara*. Até entre as moças.

2º — Todos os adjetivos se resumem a um só — *legal*.

3º — Não se conjuga verbo. É só — *a gente* diz, *a gente* isso, *a gente* aquilo.

4º — Machista, a garota só diz — *obrigado*.

5º — Toda frase tem o palavrão — *porra*. Mais de uma vez.

6º — A regência dos verbos é única — eu *lhe* vejo, eu *lhe* adoro, eu *lhe* mato.

7º — Os doutos de fala pomposa — *a* somatória... *houveram* muitos aplausos...

8º — Em cada frase a repetição do sujeito — *o fulano, ele... a escola, ela...*

Mil passarinhos

Bicam
pra cá
pinicam
pra lá
mil passarinhos
pra lá
pra cá
pipilantes
pra cá
saltitantes
pra lá
pra cá
pelo telhado.

Cá e lá.

Chove.

Ecografia

Ecografia da jovem senhora. Presente o filho de três anos — a sua primeira imagem da nova irmãzinha tão falada!

O doutor aponta na tela os atributos do feto:

— Agora podemos ver. Aqui começa a vulva e...

O piá, mais bem informado:

— Não é Vulva.

— ?

— É Simone!

O ronco

O seu tormento era o ronco do marido. Gorducho, pança no ar, bocarra aberta. E roncava — ralo gorgolejante de pia, um afogado nos estertores do sufoco, sororoca de hiena papuda.

Inútil beliscar, sacudir, ofender. Certo, mudava de posição — e roncava.

Até que, feliz dela, morreu. Para não ficar só, a mulher comprou um lindo buldogue branco e mosqueado. Carantonha amassada de mau pugilista. Garboso na sua majestade bamboleante.

Dormia no corredor, ao lado do quarto. Gorducho, pança no ar, bocarra aberta. E roncava. Mais alto que o outro.

Para a viúva era suave música, que a embalava em sonhos de vida nova, novos amores.

Não esqueça

A mulher com o pé engessado recebe alta no hospital. Diz o enfermeiro todo delicadinho:
— Agora, querida, não esqueça, viu?
— ...
— É comidinha na boca, perninha pro ar e xotinha ao vento!

A surpresa

— Como se fosse hoje. Duas horas bateu o relógio do hospital. Um guapeca amarelo troteia na estrada de pó. O sol faísca num caco de garrafa.

O conserto no carro do cliente ali perto de casa. Na passagem que tal uma água fresca de moringa e dois beijinhos?

Nunca voltava a essa hora. Abri a porta de mansinho, sem me anunciar. Uma boa surpresa pro meu bem.

— !

— E achei os dois no quarto.

— No próprio ato?

— Ninguém pega no ato. Mulher é esperta. Um barulhinho e já olha arisca. Quando abri a porta... Até hoje o desgosto que não tinha arma. A puta, deu ainda pra ver com um pé na guarda da cama e o outro na janela. O vestido levantado mostrando um rasgo na bunda. Sem calça, a desgracida.

— ?

— Assim que entrei, ela pulou no quintal e sumiu no beco da Capelinha.

— E o safado do Pedrão?

— Em pé, junto da cama, abotoando a ceroula. Só o tempo de apanhar a tranca da porta. Meti na cabeça do bruto. Tanta força, me sobrou o toco na mão. Maior que eu, agarrou-se comigo. Naquele tempo eu não tinha reumatismo. Era gemido, berro, palavrão. Alcancei o punhal do bandido, ao pé da cama.

— Deu muito golpe?

— Um só.

— Onde?

— Aqui no lombo. Entrou fácil, só banha. Foi aquela sangueira. O bicho esmoreceu. Enxuguei no lençol o sangue da mão. E fugi tremendo, a perna bamba.

— Pensei que...

— Minha boca, de amarga, era vinagre e fel. Lancei uma gosma verde. Bebi meio balde dágua. E não saía cuspo. O azedume amarrando a língua, nunca tive igual. Depois eu soube que é assim mesmo.

— ?

— Os maus bofes da morte.

O pezinho

Inclina-se pra beijar o pezinho...
E nunca chegou lá.
Você procura uma palavra no dicionário.
Distrai-se com outra e mais outra.
Da primeira já não lembra.

Grande e pequeno

O pai:
— Não pode.
— Só que eu... acho difícil... se ao menos...
— Assim que você for grande...
— ?
— ... vai entender.
— Mas eu já...
— Agora, não. Com mais idade, sim.
— Nem mesmo...
— Quando for grande, daí...
O filho:
— E quando *você* for pequeno, daí vai me entender.

Água pelando

A mãe irascível:
— Se você não para quieta, minha filha...
— ?
— ... está vendo aqui a chaleira de água pelando?

Craquinho

Eu tava três dias fumando horrores. Sem comer. Sem dormir. Só queimando a pedra. Você para, a fissura te pega. Já se perde numa noia de veneno.

Não é como outra droga, não. O craque. Cê não consegue largar. Quer mais um. Mais um. E mais um.

É diferente porque ele você ama.

Só dez segundinhos. Fatal. Te bate forte no peito. O bruto soco na cabeça. E o mágico *tuimmm*!

Na pedra, sabe? Tem um espírito vivo. Daí o craquinho fala direto comigo:

— Vai, Edu. Vai nessa, mermão!

Cê fica o tal. Olho de vidro, o polegar chamuscado, acelero alto. Mais força e poder. O pico de zoar no paraíso.

E já no inferno. Isso aí, bacana. O teu inferno sem volta.

Fatal.

Metamorfose

Com a morte do marido pinguço
da barriga dágua oito litros vazados
ui credo
à medida que os anos passam
na lembrança da viúva
ele deixa aos poucos de ser um pobre bêbado
e por fim
nunca tocou numa gota de álcool
em toda a santa vida.

Uma loucinha

— A fulana abandonou essa aí desde que nasceu. Pra ela sou a única mãe.
— Da outra nem se lembra.
— Agora a desgracida quer a menina...
— Ah, não.
— ... assim que faça dez anos.
— E disse...
— ... por quê?
— ?
— Aí já lava uma loucinha.

Três numa só

Paul Léautaud conheceu
na mesma mulher
oi! a Amiga dileta
epa! a fogosa Pantera
ui! ai! o Flagelo exterminador.

Só ele?

Iluminação

Aos dez anos, meninos, eu vi. As coxas imaculadas da Ana, doce Ana, eu vi — a primeira iluminação erótica. E minha vida nunca mais foi a mesma.

Muitos anos depois fui à Cachoeira. Na volta, dei com a casa da Ana — o lambrequim azul rendilhado, a eterna roda quebrada de carroça no pátio. Ela casou, um bando de filhas, ficou velha — e bebia depois de velha.

Na varanda uma polaquinha linda, perna cruzada, cuia de mate na mão.

— Dona Ana está?

— A mãe morreu.

Logo naquele dia. Poxa, que azarado. Entrei na casa, cumprimentei as outras filhas.

— A que hora o enterro? Onde ela está?

— O doutor quer ver?

Fomos eu e a moça para a sala da frente. E a Ana lá estava, sozinha e esquecida, entre as quatro velas. Coberta pelo grosseiro pano branco — o sol dourado faiscava na poeira flutuante ao pé do caixão. Zumbia em linhas quebradas uma gorda varejeira azul.

Sem que eu pedisse, a moça afastou o lençol — olhei e vi uma velhinha de novecentos anos. A boquinha murcha de sobrecu de galinha. Pergunta mais boba, logo me arrependi:

— Ela bebia?

— Só no sábado.

As polacas da Cachoeira bebem cachaça no sábado. A gente encontra todas as polacas bêbadas. Que voz mais rouca. Que canto mais triste. Cambaleiam ao sol. Você as derruba no matinho.

Olhei bem. Ao doce e puro amor ela preferiu um gole, mais um e outro mais para a viagem. Deus, ó Deus, que triste final será o meu? Infeliz, sim. Aflito, sim. Chorando os dias perdidos.

— Pode cobrir, moça.

Ninguém ligava à pobre Ana, uma algazarra ali na cozinha, a disputa da cuia na varanda.

Me despedi, com uma dúvida. A coxa entrevista da filha... esse mesmo branco de nova epifania?

Ponto-final

Ponto-final da história — o contista é uma alcachofra de folhas chupadas.

O temporão

— Nem te conto, cara. O meu temporão... A cruzada do menino sozinho contra os muros de Jerusalém. Tudo por ser pequeno para dez anos idos e vividos. Chamá-lo de baixinho é açular o próprio capeta aos pulos nas brasas do inferno.

Basta que a avó, santa velhinha:

— Meu anjo, não fale assim. Deus não...

E ele, nomerento como só:

— Vá tomar no cu!

À mesa, o espirro de gente reclama da comida e de tudo:

— Orra. Nada do meu gosto. Que merda.

E mais pequeopê pra todos. Furioso de ninguém levar a sério o seu chorrilho escatológico.

Inferniza a mãe desde a primeira hora:

— Que roupa eu visto? O que é que eu faço hoje? Onde é que a gente vai?

Quer isso, quer aquilo. E o céu também. Sabe o que é ser perdidamente infeliz aos dez aninhos?

Veja o sorriso querúbico para as visitas na sala. E, pelas costas, sortido repertório de micagens e gestos obscenos.

Não se pode negar. Tem senso de humor, o boquinha-suja:

— Sabe, pai? quando me vejo no espelho...

— ?

— ... tenho de olhar pra baixo!

No bailinho, orra!, as meninas dobram a cabeça, merda!, pra colar o rosto.

Pequeopê!

As matracas

O velho pecador na porta da igreja:
— Quando eu entro, ai de mim, as velas já se apagam nos altares.
E as matracas batem sozinhas!

A máscara

Na valsa dos anos
você usa muitas caras
de bigodinho ou costeleta
óculo escuro mais barbicha
ruga e papada
buscando sempre renegar
uma certa imagem odiosa
após as mais diferentes versões
filho ingrato
alcança a máscara perfeita
essa face tanto perseguida
ai não, dele, o eterno pai
— essa mesma pronta à espera
lá no teu caixão.

Lembrança

Tua lembrança
ó ingrata
coça até sair sangue
desse meu braço perdido
em mil e uma batalhas
entre fronhas e lençóis
na guerra suja de corações.

Peladinha

Ontem, já pensou?, a menina disse:
— Sabe, pai? Eu vi a mãe pulando na cama com o tio João.
No peito, um gemido. Na cabeça, um estrondo.
E o anjo:
— Tava peladinha!

Canarinha

— Hein, que tal eu? Cobiçando a senhora, hein?

O tiroteio da tevê, a sinfonia na radiola, todas as luzes acesas, já se viu de costas no tapete — a penugem arrepiada de canarinha amarela banhando-se na tigela dágua.

— A porta! Se as meninas... Feche a...

Era tarde: à mercê do feroz magarefe que, o golpe sem misericórdia da marreta na nuca, abatia, esfolava e carneava a sagrada bezerra, agonizante no gancho e abençoando o carrasco.

Nossas meninas

Em nossa ilha
as meninas de 12 anos
buscam o velho feiticeiro
que ao preço dum peixinho
esfrega uma erva sagrada
no seu busto assim raso
e aos 13 a mágica funciona
— ó maravilha! —
dois peitinhos saltam
quase rasgando a blusa
aos 14 elas passeiam
vaidosas já de barriguinha
um ano depois
lá vêm e vão rebolantes
lata dágua na cabeça
o filho na garupa
alegrinhas da vida
sorrindo às tuas cantadas
no caminho perdido de casa.

O bom

O bom escritor diz a verdade
ainda quando está mentindo,
se é que você me entende.

Uma bíblia

Gorducha, coxa roliça, a mulher do pastor não desiste da saia curta. Na igreja, se abana de tanto calor e, prevenindo assadura e brotoeja, senta com as pernas afastadas.

Do púlpito o marido prega e observa a mulher na primeira fila.

Em casa, comenta:

— Essas tuas coxas grossas, Maria, acha que elas são uma bíblia...

— Credo, João.

— ... e devem ficar sempre abertas no culto a Jesus?

Amendoeiras

Por você, veja... Todas as amendoeiras em flor.
E eu?

Minha amêndoa floresce.

Mariazinhas

Bendigo o irmão Sol
bendigo a pequena irmã Lua
por todas as mulheres de Curitiba
são muito queridas
as nossas lindas Mariazinhas
mas por que tão pérfidas?
te adoçam de beijos a boca
e já misturam o vidro moído
na tua sopa.

Saudade

Ingrato! não sei como pode ficar tão longe. E por tanto tempo.

Se fosse você... ah, eu morria de saudade de mim.

Amor louco

— Foi um amor louco. O engenheiro viajando para fiscalizar obras. O João deitava com a mulher. A ele nem uma resistia: olho mais verde, já pensou? O marido bem desconfiado se mudou de Curitiba.

O João foi ficando triste, meio esquisito. A irmã solteirona cuidava dele. Não tirava os olhos de cima. Uma noite ele se vestiu a capricho, todo de preto.

— Aonde você vai, João?

— Não se incomode, mana. Durma. Atender a um chamado.

Quando ela ouviu o baque, era tarde. Ele injetou veneno na perna esquerda. E quis ainda escrever. Um risco da caneta furava o papel... Seria um M?

— O adeus à ingrata Maria.

Estava na praia. Ela de maiô, no auge da beleza, o filho e o engenheiro. Que dobrou o óculo e estendeu o jornal.

— Leia isso, querida.

— Era a notícia do súicídio.

— Voltaram para casa. No elevador ela chegou a rir. Meio sem propósito.

Quando o marido se distraiu, entrava ligeira na cozinha. Tomou o mesmo veneno, ainda de maiô branco.

— Ai, não.

— O lindo pezinho sujo de areia.

— Ui, credo.

— Você não sabe de nada. O seu último desejo.

— ?

— Foi enterrada em Curitiba. Assim ficou perto do João.

Adeus

tua cartinha de amor
veio pro endereço errado
aquela pessoa não sou mais eu
uma estranha dentro de mim
não sei quem é
fui pra muito longe
lá não tem volta

O suicida

Querida
me deseje boa sorte
que a viagem é longa

Marishka

O mundo é só Marishka. O resto? Supérfluo e trivial, nadinha de nada. Marishka habita no verde dos meus olhos. Sem preocupação de verossimilhança psicológica, coerência política ou prospecto financeiro. Sua eternidade é agora.

O mais belo espécime na face da terra. Hoje Marishka o que foram, a seu tempo, a voz rouca de Greta Garbo e os olhos putais de Ava Gardner. Sim, o esplendor das coxas de Cyd Charisse. Sozinha Marishka é a nova mitologia.

Das pedras que pisa Marishka nascem violetas e pavões. À sua passagem, vejam, ó incrédulos!, o despropósito de mil arco-íris no céu, inundações avassaladoras em todos os rios e lagos, cantiquinho de pintassilgo no peito dos monges santos do Tibet. Cegos para sempre pela sua nudez única.

Ei-la na marcha indócil de égua do Faraó Ramsés II, carro de fogo, nuvem calipígia de olhos dourados e saltinho agulha, sarça ardente abrasando as árvores do deserto.

Os versos de Sinhô (*daí então dar-te eu irei/ o beijo puro na catedral do amor*) já celebram Marishka atemporal. Assim a alegria do teu canto desafinado no banheiro. E o deslumbre do menino míope com o primeiro óculo.

Bendito uísque ou droga que leva Marishka a se livrar do paletozinho e da saia, já sem sutiã e calcinha. Ri, careteia, grita, chora, geme, suspira, soluça, desfalece de paixão. Se é mentirosa compulsiva, pérfida e bandida, o que interessa?

O que vale é Marishka existir, foi tua por uma noite e para sempre, uma aventura edificante a ser contada aos netos. A lembrança da delicadíssima felação, oh, céus!, jardim de delícias que te faz aceitar jubiloso a morte por fuzilamento com direito a tiro de misericórdia na nuca.

A saudade furiosa do corpo de Marishka é a dor, o mesmo urro de dor que você deseja e pragueja, sim, ao teu pior inimigo.

Todas as mulheres, antes e depois de Marishka, se perdem na noite escura do esquecimento. Só me lembro do teu conjunto branco justo, o vestidinho amarelo, aquele outro azul. Ah, Marishka, esse velho roupão escarlate só valoriza as tuas imaculadas brancuras.

Imprevisível, ora a menina ingênua e santa, ora a velha puta de todos os vícios, o rosto já denuncia o álcool e a droga. E a voz rouca, sempre um tom mais baixo, você apura o ouvido para entender. Faz silêncio por dentro a fim de escutá-la.

Minha orquídea branca e luxuriosa, na rendilhada lingerie preta, sem esquecer a liga roxa — essa alucinante nesga de coxa alvíssima lavada em sete águas.

Viva Marishka, acendendo um cigarro no outro, dançando nua na boate de lésbicas, sozinha na sua loucura — e a redenção do mundo pela graça de tamanha beleza imortal.

Marishka transcende o tempo. É um diálogo de Platão, broinha de fubá mimoso, um poema de Rilke, o coração da alcachofra, girassol de Van Gogh, o cantiquinho da corruíra, um conto de Tchékhov, o som de uma só mão que bate palmas.

Ó fogosa Marishka! Ó querida e perdida Marishka!

Ouça, por favor, onde estiver.

Atenda, ingrata, escute, desgraciada, o meu pobre gazeio de amor.

Mal traçadas linhas

19 agosto 76

Meu caro Nava,

Quem lê os elogios às suas memórias desconfia: não será exagero compará-lo a Proust, *Os sertões*, Joaquim Nabuco, *Grande sertão*? Desconfia até começar a ler. Depois acha pouco: as suas memórias não estão entre as melhores da língua portuguesa — elas simplesmente são as melhores.

É o mesmo alumbramento que nos deu a primeira leitura de *Os três mosqueteiros*, *Dom Casmurro*, *A morte de Ivan Ilitch*. A imediata constatação da sua grandeza. Com perdão da palavra, meu caro Nava, você é uma força da natureza, uma pororoca de gênio indomável.

Para o meu gosto, ainda melhor que o Euclides, o Nabuco, o Rosa, o Graciliano etc. Você é todos eles e mais você mesmo. E que de graças de linguagem, que achados de anacolutos, que sabença do bicho tão pequeno. E a palavra única, lindamente porca, soprada na orelha certa.

As suas memórias são um escândalo no túmulo do pensamento humano. Sempre achei o maior castigo que o espanhol tendo o *Dom Quixote* a nós correspondesse *Os Lusíadas*. Tendo eles o *Cem anos de solidão* a nós coubesse o *Grande sertão*.

Agora já temos o nosso *Cem anos de solidão*. Ainda mais: a nossa *Educação sentimental* brasileira. O episódio com a mulatinha Maria me ilumina como uma carta de amor do Joyce para a mulher Nora. E que dizer da sua, da nossa Esmeralda-Valentina? É puro soneto de Camões. E sobre ele e o Proust, meu caro Nava, você leva uma vantagem: eles são grandes, porém chatos. E você, grandíssimo Nava, nunca é chato.

Tais evocações representam uma nova descoberta do Brasil — do espírito e da língua do Brasil. É o toque de Midas do gênio — da ponta dos seus dedos pulula gente mais viva que os vivos. Os fabulosos retratos não perdem para os de Van Gogh e Modigliani. Nem para as majas vestida e desnuda de Goya.

Conte-nos sempre mais dos seus amores. Que Deus lhe conceda muitos anos para novos e altíssimos brados líricos às margens plácidas do Ipiranga: o quarto, quinto, sexto e sétimo volumes de tão maravilhosas histórias.

5 outubro 89

Otto,

Já leu *O general em seu labirinto*? Me pergunto por que não gostei. Onde o alumbramento dos *Cem anos* e da *Crônica*? Único personagem, o famoso sargentão, apenas um fantasma, sem graça nem grandeza. Pomposo, só fala por epigrama e aforismo, longo monólogo com a posteridade.

Nenhuma empatia, insuficiência minha? Os demais comparsas entram e saem, sentam e levantam. Nadinha de impressão duradoura, cena ou frase que lembrar. Certo: maravilhosamente bem escrito, o luxo do fecho de ouro em cada parágrafo — para dizer o quê?

Os melhores efeitos se repetem até à exaustão. O forte do autor é a fantasia fogosa, os grandes delírios líricos, e, desta vez, preso, contido, mutilado pelos mofinos eventos históricos.

A nós, a mim que me diz esse lamentável general, heroico lá pras peruas dele? O grande libertador

— Venezuela, Peru, Equador, Colômbia, titicas de países corruíras? Nada de glória mítica. Novo Alexandre, outro Júlio César, Napoleão do trópico?

Prodígio, sim, da arte e ciência do mui bem escrever, uma sucessão de sonetos parnasianos, com rimas ricas e cesuras perfeitas. Sobre o quê? Um sargentão vazio, sem verdade nem transcendência. Essa não deve ser a opinião geral, terei lido pelo avesso, sem alcançar as finuras do texto? Se ele escreve tão bem, não perceberia erro de concepção assim grosseiro?

Não achei um homem, carne e osso, com quem você se identifique, aprenda e sofra. Tão só uma legenda de frases ocas. Único interlocutor, a eternidade. Nem romance nem biografia. Um libreto de ópera. Sim, nova *Traviata*, a maviosa agonia das longas hemoptises no mais alto dó de peito.

O personagem não desfere voo. E você com ele. Arrasta monótono as botas de barro de um a outro mesquinho fato histórico. A falsa premissa de que a aventura militar do general é uma epopeia grega. Hércules ou Aquiles em lantejoulas e vidrilhos da cavalaria peruana? Aqui, pardal!

Esse patético generalíssimo em pijama de bolinhas vermelhas. Síndico pimpão de edifício sem porteiro e elevador. O dom Pedro I lá das marquesas dele. Difícil levá-lo a sério, aceitá-lo como supremo herói — e quem quer saber de herói, ainda mais ditador de opereta-bufa, sanguinário e mitômano?

Depois desse discurso de arara bêbada, ei, Otto, você não fala nem pia?

17 agosto 86

Rubem,

Deliciado, banhado em espuma de lírios e rosas, reli e tresli *O verão e as mulheres*. O seu melhor livro, como achava o Bandeira? Difícil dizer. Para mim todos os seus livros são melhores.

Você é um dos poucos grandes, Rubem. As graças de estilo são de um Bernardes moderno; também ele entendia de bicho, floresta, mulheres (só as pecadoras).

Sua ciência do mundo a própria de um Montaigne, por que não? Um vero clássico vivo.

Em toda página lá está cravada a unha do gigante. Na experiência de vida, na lição de sabedoria, no fagueiro trato com as mulheres. Rouco e aflito, sim. Mas nenhum ranço ressentido, mesquinho, pequeno (que tanto desmerece a obra do G. Ramos).

Seu lugar, Rubem, é na mão direita do nosso Machadinho.

24 outubro 90

Otto,

Reli, sim, umas tantas páginas do *Coração*, obra-prima de ciência literária (que aos 15 anos tanto me deslumbrou). E, quem diria, de doutrinação ideológica — me deixa hoje bem ressabiado.

Culpa do bom Edmundo, ai dele? Ou antes dos camisas-negras pela adoção oportunista que fizeram da sua famosa obra?

O conde Afonso Celso que deu certo, valorizado pela notável tradução do João Ribeiro, nenhum ranço gramaticoide. Modelo de lavagem cerebral, o gênio da moral e do civismo a serviço da propaganda: por que me ufano da Bela Itália.

Apelo aos grandes sentimentos com grandiosas palavras. Edificante, demagógico, sentimentaloide, patrioteiro — e com que talento!

O Verdi das bancas escolares. O Kipling em dó de peito lombardo. A *Marselhesa* toscana da Iª série. Chorinho brejeiro de carne para canhão.

Ainda bem nós dois fechamos com o renegado Joyce — *You die for your country, suppose.* [...] *But I say: Let my country die for me.* [...] *Damn death. Long live life!*

27 abril 83

Otto,

Como já lhe disse, me encantei com a nossa Helena Morley.

Lembra-se da definição de sonho? pela mãe Tina — *Sonho é a alma que não dorme como o corpo e fica pensando.*

E da falsa morte? de siá Donana — *o caixão bateu com força e a defunta acordou.*

Antes que me esqueça — *As outras cidades terão tanto doido como Diamantina?* (Aqui entre nós — tanto como Curitiba? E você — como São João del-Rei?)

E do queixume da santa avozinha — *Carolina, minha filha, eu estou muito precisada de morrer para melhorar a sua vida.* (Na condição de herdeira.)

E por fim a famosa dúvida — *Não haveria meio de impedir os doidos de serem professores? Há tanto serviço que os doidos podem fazer.*

O texto é perfeito. Melhor não seria ainda que revisto pelo João Ribeiro e editado por você.

Agora pergunto eu: Não é muita arte de pensar e escrever para tão pobre menina?

Bem desconfio que, espertinha, escrevia em português, mas pensava em inglês.

Cara Senhora,

Se bem me lembro, encontrei-a num evento social — há que anos? Decerto a sua vida terá sido muito interessante. Devo confessar, vergonha minha, que dela nada sei. Não fui seu aluno, não conheço nenhum seu ex-aluno. Logo, não é absurda e ridícula a sua presunção de encarnar a minha pobre Capitu?

Ela é minha, eu a fiz para mim. Filha pródiga dos devaneios do caçador solitário. Numa noite negra de insônia o relampo fulgurante da epifania.

Aqui aproveito para avisar o passista de miudinho nos bailões da terceira idade que não é ele o herói de "Sapato branco bico fino". Nenhuma avozinha, dada a aventuras galantes, se julgue retratada em "O Quadrinho". O travesti de programa desista de assumir que é "Lulu, a louca". Tampouco ousem as virgens loucas gorjear os meus "Cantares de Sulamita".

Assim lhe peço, cara Senhora, que se retire da pele de minha personagem. Desencarne, por favor, essa criatura que é antes uma nuvem de boquinha vermelha e liga roxa.

Desde que ela não é a Senhora, resta uma só certeza: Gustavo era Ema e Capitu sou eu.

Caro X,

Esta cidade, quem diria, é cada vez mais povoada pelos teus mortos.

Aonde você vai, para onde olha... Os parentes, esses, rondam os teus passos.

Eis o primo Beto finado há tantos anos que distraído cruza a tua frente. Você acena, é tarde: pronto se perde na multidão.

Na praça a antiga namorada, o mesmo vestidinho branco de nuvem, enrola numa trança a cabeleira loira para jogá-la nos ombros... E se afasta sorrindo, braço dado com a coleguinha.

O teu amigo íntimo que se foi tão cedo... Veja ali na fila de ônibus — é o João! O famoso bigodinho preto de moço. Para ele os anos já não prevalecem?

Cada inverno os entes queridos chegam em maior número. Mais presentes a toda hora de tua vida.

Não estão aí para te assombrar. E, sim, assistir na aflição e na dor.

Chamam o teu nome.

Ao se voltar, sombras efêmeras, já se foram. Você ouve ainda as suas vozes em surdina.

Em noite de insônia ou no sono profundo eles te fazem companhia. Nunca mais está só.

E na hora final pode contar com a mão de tua filha para abrir suavemente a última porta.

Senhor Prefeito,

Onde anda o fiscal do meio ambiente? Cadê o guardião do nosso silêncio? Quem viu o medidor de decibéis? Impunes, os bárbaros da estridência invadiram e ocuparam a cidade.

Altíssimos-falantes de propaganda, berrando oito horas por dia, infernizam a paciência de todo mundo. Na porta das drogarias, lojas, bibocas, caixas ensurdecedoras de som trombeteiam as suas bugigangas. Com a certeza da impunidade, barbarizam vizinho e pedestre. São as predadoras truculentas da lei morta do silêncio.

Da poluição visual você ainda se defende, basta que não olhe. Contra a pichação sonora nada pode. Quem sabe maldizer e boicotar os seus responsáveis, simplesmente deles não comprando?

Curitiba foi entregue ao saque dos inimigos públicos do sossego. Pelo que cabe a pergunta no deserto: Onde anda o fiscal do meio ambiente? Cadê o guardião da nossa paz? Quem viu por aí o medidor de decibéis?

2 maio 88

Otto,

Acabei de ler o *Journal Littéraire* do grande Léautaud (os anteriores 19 volumes agora em três, completos, edição Mercure) — hoje sou doutor em velhinho sujo. Tão bom quanto o Rousseau? E mais engraçado. Como julgar um texto? *Si je n'ennuie pas tout est parfait.* O seu fabuloso diário, que grande, que único romance.

Registrou, dia a dia, quase 70 anos da vida literária francesa. Secretário perpétuo da revista *Mercure de France*, conviveu com os grandes da época: Gide, Valéry, Apollinaire, o jovem Malraux, quantos mais.

Olhinho vivo, orelha esperta. Desabusado, irreverente, contestador. Cronista e crítico imparcial das grandezas e misérias do seu tempo.

Decerto um original. O espírito gaulês em carne e osso (mais osso que carne). Na reunião da Sociedade Protetora dos Animais, o champanha é servido por Mme. Cayssac que ao vê-lo, antes do brinde, prestes a beber: *Trinquez au moins à la santé des bêtes!* E o nosso herói, chegando na dela a sua taça, com o sorriso mais gracioso: *À votre santé, Madame*.

Tanto bastou para conquistá-la. Você e eu achamos que nem tudo se deve contar. Mas não ele. Duro consigo. Cru com os outros. Aqui, pardal. *Serin, va.*

Aos 70 anos, confessa três vícios — cigarro, café, minete. Só não traçou a mãezinha (abandonado aos quatro anos foi revê-la 20 anos depois!) pois na hora decisiva a ingrata arrepiou. Com ela teve os melhores sonhos eróticos até os últimos dias.

Lúcido no olho do furacão de ódios e paixões de duas Grandes Guerras. La Marseillaise... *comme chant national un chant de massacre*. Sobranceiro aos hinos de massacre, dizia e escrevia — *la patrie, c'est la langue*.

(Epa! já identificou o eco português?)

Sobreviveu com um bocado de pão, uma fatia de queijo, um gole de café. Ou três batatas cozidas, quem sabe.

Almoço de dez minutos e, segundo ele, prazeres de cinco (uai! ejaculador precoce?).

Escrevia ao suave arranhar da pena de ganso à luz de duas velas. *Si bref qu'on soit, on est encore long*. Na festiva companhia de 40 gatos e 20 cachorros (por eles tão grande bem-querer que nega a hidrofobia e acusa Pasteur de charlatão).

Mais a adorada macaquinha, a filha que não teve. Antes de morrer e, para poupá-la (velha e doente) da impiedade alheia, ele mesmo a afogou no tanque — com que dor o olhava através da água, com que amor.

Dele o Valéry — um passional na discussão — se protege, tudo o que você diz (*Qu'on le fusille, Dreyfus, et qu'on n'en parle plus*), o velhinho anota na sua fúria de escrever. Assim que adoecem, os amigos lhe fecham a porta. Debruçado no leito de dores e gritos, não poupa descrição de careta, espirro, sororoca. (Já no *In memoriam* o relatório implacável da agonia desse pai dos pais.)

Vale a pena cotejar a sua narrativa da morte, velório e enterro de Charles-Louis Philippe (o defunto... *c'est tout à fait une marionnette de jeu de massacre*) com a versão do Gide no dele não menos fabuloso *journal*.

Interessado nos autores e pouco nas obras. Em sua coluna de crítica teatral, se o espetáculo lhe desagrada... por que não contar episódio divertido sobre um dos gatos?

Também se permite indiscrições um tantinho perversas. Do colega íntimo, no panegírico, lembra gentilmente o oloroso pé — e não entende por que a viúva lhe nega o cumprimento. Do patrão e editor, tão elegante, por que o eterno lenço sujo? De outro, grande poeta, o dedo no nariz. Do nosso André Gide as unhas de luto.

E das amantes, Otto, você não me deixa mentir. Da mais dileta insiste na pose em que, perna aberta, mija de pé. Essa mesma (*À votre santé, Madame!*) que de início era — *ma chère Amie*. Em seguida — *la Panthère*. E afinal — *le Fléau!*

Se confessando (o coração nu) — *quelque peu xénophobe... anti-sémite* (*littérairement*)... *antidémocrate... anti-social et anti-patriote...* E sabia do que falava: *Il faut avoir des parti-pris, c'est une force.*

Por favor, Otto, não o julgue mal. *Je ne suis décidément pas un monstre.*

E não era mesmo. Assim dividia o ínfimo salário: para ele nadinha, para a sua bicharada tudo. Carne moída de primeira aos cães prediletos. E peixe — do qual se absteve sempre! — aos gatos enfermos.

Alimentava diariamente os gatões selvagens do Jardim de Luxemburgo. Eis que, com a guerra, foram aos poucos sumindo, ai!, todos caçados e comidos pela gente esfomeada.

Em favor deles se resignou a uma vidinha de sacrifício e privação. Nada de sopa quente nem copo de vinho barato. E, mais que tudo, falto do carinho de uma mulher.

E como podia? Usando a roupa de segunda mão doada pelo amigo. Curvado ao bruto saco de mantimentos para os seus preciosos bichos. Todos recolhidos nas ruas, famintos, imundos, doentes.

Esses enjeitados — como ele! Esses mal-amados — como ele!

Aos homens preferiu, sim, o pobre cão e o pobre gato. E por sua heroica vida franciscana, segundo o abade Mugnier, mereceu (apesar das muitas fraquezas e pequenas maldades) decerto a salvação — tantos cães e gatos falarão tanto por ele no Juízo Final.

Quem dera tê-lo visitado lá nos idos de 50. Mas não. Na descoberta de Paris, ai de mim, só tinha olhos para o desfile sob as ordens dos *flics — circulez vite! circulez!* — das troteadoras mais aliciantes do mundo.

Paris não seria uma festa sem as tuas lindas mocinhas venais da rue Caumartin.

10 maio 87

Otto,

O gênio literário precoce, entende-se. Dom divino ou capricho da natureza.

Como explicar porém a sabedoria. A ciência do coração humano, misérias e grandezas. Onde aprendeu? Com quem?

E mais a bondade com o próximo, o perdão fácil, a tolerância sem fim?

Infância pobre e infeliz (um pai tirano e cruel).

Sem juventude.

Arrimo da numerosa família (mãe, pai, irmã, irmãos).

Tuberculoso e outros achaques.

Médico devotado aos doentes e pobres.

Belo e querido, se proíbe de amar.

E tudo sabe do amor.

Sabe tudo sobre criança, raposa, mujique, nobre, jovem, cão velho.

O mundo, a gente, o mar, o céu.

Anton Pavlovitch
suspende a caneta do papel
enxuga o sangue do bigode.

Um vero santo leigo.

Entre duas hemoptises,
enxuga o sangue do bigode
e quase brincando,
até assobiando,
concebe como ninguém
histórias iluminadoras
— o som de mil vozes
na única mão que escreve.

15 março 89

Meu caro X,

O jornal tremeu nas mãos do mais moço. De pé, anunciou com voz solene:

HINO OFICIAL DO ESTADO DO PARANÁ.

Vergonha dizê-lo: era sábado no café Belas Artes e, nesse ambiente vulgar, mais fundo nos tocou o incêndio em marcha dos versos:

> *Entre os astros do Cruzeiro,*
> *És o mais belo a fulgir*
> *Paraná! Serás luzeiro!*
> *Avante! Para o porvir!*

Epa! Timoratos, recuamos? Jamais. Guerreiros da taba tupi, mais vale o nosso tacape do que o trabuco do bárbaro invasor.

O silêncio se fez em todas as mesas. Quem éramos nós?

Eis o borbulhar do gênio retumbante numa Catarata das Sete Quedas de versos lapidares e rimas ricas:

> *O teu fulgor de mocidade,*
> *Terra! Tem brilhos de alvorada*

Já sabemos o que somos, e não é pouco — Luzeiro! Terra! Alvorada! E o que ouvimos ao longe no clarão do crepúsculo?

> *Rumores de felicidade!*
> *Canções e flores pela estrada.*

Oh, as mimosas florinhas... um chuvisco de pétalas multicores bailando aos suspiros e solfejos do zéfiro errante.

> *Outrora apenas panorama*
> *De campos ermos e florestas*
> *Vibra agora a tua fama*
> *Pelos clarins das grandes festas!*

Somos os pregoeiros das grandes reformas. O nosso barrete frígio? Uma cornucópia de subidos pensares.

A glória... A glória... Santuário!
Que o povo aspire e que idolatre-a

Ai, não, um solecismo! Ora, o que é um desprezível solecismo diante dos voos altíssimos da tuba condoreira?

Desde que rime, todas as licenças gramaticais já permitidas. Importa o santuário da Glória, ó Glória idolatrada, salve, salve!

E brilharás com brilho vário
Estrela rútila da Pátria!

Epa, já no seguinte verso, um cacófato escalafobético! Ora, o que significa... Por favor, nada de crítica zarolha. Do porvir luzeiros somos. Batráquios, não, rútilas estrelas.

Escutemos, isto sim, as famosas trombetas das festas anunciadas. Entre os astros do Cruzeiro qual o mais belo a fulgir?

Eia, sus, coragem:

> *Pela vitória do mais forte,*
> *Lutar! Lutar! Chegada é a hora.*

Pronto, um, dois, lutar! acertamos o passo, agora é a hora, três, quatro, lutar! ao chamado pimpão da nossa heroica *Marselhesa*, lutar! lutar!

Entoemos em dó de peito, ó mestres cantores de Curitiba:

> *Para o Zenith! Eis o teu norte!*

E num crescendo épico:

> *Terra! Já vem rompendo a aurora!*

Onde estás, ó medrosa alma paranaense? Onde estás que não respondes?

Nós, os mais fortes — ai de quem duvide! —, nós outros, filhos e arautos das novas ideias, ganhávamos a rua XV:

Avante! Para o porvir!

Morituros,
peito aberto à metralha do inimigo,
indómitos,

Lutar! Lutar! Chegada é a hora

eu Zenith,
você Norte,
às seis em ponto da tarde
no relógio parado da Praça Osório,
cantando em triunfo
rumo ao Palácio do Governo.

Nenhum dos sete faltou.

                        O resto é História.

15 abril 88

Otto,

Leio as *Lettres à ma mère*, do mestre bandalho Léautaud. Bons tempos em que as pessoas trocavam cartas em letra caprichada e, preciosas ou não, cuidavam de guardá-las.

E todos sabiam escrever. As dele, na sua paixão incestuosa, essenciais para entendê-lo e perdoá-lo. E a mãezinha adorada, quem diria, nada lhe fica atrás no talento.

Eis a passagem do amor ao ódio mais feroz que, tantos anos depois, ainda nos perturba.

Ele, mestre da zombaria e do sarcasmo, era um profissional. O espanto é que ela, a pequena burguesinha iletrada, se revela uma adversária à altura — como Le Fléau mais tarde. Ele sabia escolher as inimigas.

As cartas da mãe são primorosas de estilo, argumentação, agressividade. Ainda bem que o nosso herói arrepiou e se proibiu de ler a última. A mais cruel e devastadora na ruptura para sempre.

Um peteleco ao grande Léautaud e à sua irada mãezinha pela fórmula da boa escrita. Tal correspondência é o melhor exemplo.

Escrever (seja o que for) como se escreve uma carta.

O que significa — só quando tem o que dizer.

E de maneira simples e clara para ser bem entendido.

21 fevereiro 68

Otto,

Falemos mal do *Grande sertão*. Rompe você ou começo eu?

Lá vai em pleno dó de peito: o Rosa é o herdeiro de José de Alencar, epígono de novo indianismo. Seu jagunço pomposo, guardada a distância, o mesmo índio guarani. Riobaldo, um Peri sofisticado, e Diadorim, outra virgem dos lábios de mel (as suas líricas meretrizes são perfis de Lucíola).

Um cronista genial, a mão leve de beija-flor, mas — ai de mim — romancista menor. Riobaldo não se sustenta nas alpercatas e Diadorim, coitada, é pura donzela Arabela ("já fazia tempo que eu não passava navalha na cara, contrário de Diadorim"; logo, ela fazia a barba?).

Na paisagem naturalista os tipos de um romantismo desgrenhado. Não é Riobaldo sem veracidade nem grandeza, epa!, que me interessa e sim o trovador do sertão: a gente, os bichos, a paisagem.

Que de variações retóricas sobre a sentença de Dostoiévski — "se Deus não existe, tudo é permitido". Como sabe enfeitar de plumas e lantejoulas o seu chorrilho de platitudes: "Um dia é todo para a esperança, o seguinte para a desconsolação" — "Diadorim... foi a imagem tão formosa da minha Nossa Senhora da Abadia!".

A forma é inovadora, mas o fundo reacionário. Uma frase de efeito? Não nego a protofonia verbal do Rosa, patativa de mil gorjeios. Estilo criativo a serviço de quê? A história menos plausível na literatura de travesti.

Me irrita a inverossimilhança absoluta: a convivência forçada de todas as horas, como pode? semanas no desolado, onde uma árvore atrás da qual se esconder? Dias e dias prisioneiros na fazenda, sem uma bacia de água para lavar os paninhos, etc.

O tema do travesti é antigo e recorrente, seja no teatro, seja no romance de cavalaria. Basta ver as novelas que entremeiam o *Dom Quixote*. Todas porém cuidam de preservar o mínimo de credibilidade — a heroína vive solitária no bosque e fugaz é a sua aparição em sociedade.

O tema insinuado e não assumido no livro seria, isso sim, o amor que não ousa(va) dizer seu nome.

Diadorim fêmea, no bando recluso de jagunços, é uma dália sensitiva de fantasia. Adeusinho, Diadorim gentil.

Salve, salve, ó feroz Diadorão.

E tudo faria sentido. O livro ganhava realidade em vez de artificialismo. Eis que o autor arrepiou caminho. Erro fatal de concepção — não foi veraz.

Ainda pretendem compará-lo a Joyce: pouco vale pirotecnia verbal sem a originalidade do espírito. Acho mais audácia em duas frases do *Dom Casmurro* ("Mamãe defunta, acaba o seminário" e "uma das consequências dos amores furtivos do pai era pagar eu as arqueologias do filho: antes lhe pagasse a lepra...") do que em todo o *Grande sertão*.

O Rosa é tão comportadinho (sou arrebatado pela fúria das palavras?), essa viadagem enrustida me deixa tiririca: suas mulheres — até as putinhas, meu Deus! — nunca tiveram nada entre as pernas.

Ele não me engana — *escreve diferente, bem que pensa convencional...*

Três pontinhos, epa! Que frescura é essa? Comigo, machão que sou, reticência não tem vez.

Gostou do exercício frívolo de leitura? Para o meu novo livro espero igual tratamento. Agora é a sua vez, Otto.

Que seja o esporro de uma pororoca, uai!, jamais comprimida em leito de Procusto. A frase não é do major Siqueira e sim minha.

6 abril 87

Otto,

A sua carta é mais uma página fulgurante do *journal* ou caderno (se acha diário muito pomposo) confessional: a nota certa, o humor, o estilo. Veja o Rousseau, o Léautaud, o Manu, o Nava — o que interessa, na vida e na literatura, é o coração deflorado do homem.

Nenhum personagem que possa imaginar se compara a você — a angústia, o horror, a iluminação (o barquinho sem vela nem bandeira assombrado entre pontões). Tem o assunto — e que assunto! inesgotável — e o estilo, único. Que mais você quer, pô?

Se nada tem contra o diário, por que então recusa o que lhe é mais autêntico — o furor de escrever, a neurose da culpa, o remorso, a penitência? Diz você que tanto, tanto procura, e não acha. Ora, busca o que simplesmente já achou — só não quer admitir.

Muito se preparou a vida inteira para a sua famosa confissão... em surdina? aos berros? O mesmo viciado que se levanta e, antes de qualquer palavra, anuncia o que é — de mão trêmula, ergue o cálice aos lábios e, para não derramar, preso com a ponta da gravata deslizando no pescoço...

Com perdão da imagem, não é o que se espera de todo bom e vero escritor — o striptease do coraçãozinho esfolado e ainda pulsante? a exibição de uma perfeita *fleur-de-rose* espiritual ao público (ai, não, distraído)?

Admite que rodeia, rodeia e se desvia do alvo. Qual é esse alvo? Dar o seu recado direitinho — o salto de olho aberto no poço negro da alma, uai! Decerto o impedem a reserva e o escrúpulo de se revelar ao leitor (o que faz com tanto engenho e arte nas cartas e cadernos): as epifanias, o escárnio, a flagelação, um tiquinho de perversidade?

Mais ainda: por que tão fácil se desnudar em voz baixa (o estilo que achou o assunto), desconfia você da qualidade do texto? Escrever não deve ser fatalmente doloroso e difícil, bobeira do Flaubert. Que me diz antes do nosso Franz compondo entre frouxos de riso a *Metamorfose*? E do querido velhinho safado, só escrevia bem quando com prazer?

O grande Machadinho não me deixa mentir: mal soube o Pestana que as polcas brejeiras eram a sua sinfonia de Mozart, a sua ópera de Verdi.

O *journal* é o *seu* grande romance — *já pronto e acabado*. Vá por mim, Otto. Registre sem remorso as notas iluminadas — nelas eu encontro e saúdo *il miglior fabbro*.

É botar o papel na máquina, escrever a data, mergulhar fundo nas águas revoltas da pororoca, epa!, do seu gênio literário.

Você, Otto, é o verbo coruscante do talento feito homem.

E com um piparote me despeço.

CANTEIRO DE OBRAS

Crítico ferino de si e dos outros, Dalton foi um leitor voraz e metódico. Além dos milhares de fichamentos, menções nos diários e marginálias, em *Desgracida* (2010), antigas cartas ressurgem como exercícios de crítica na seção "Mal traçadas linhas". Reconhecido pela escrita enxuta e fidelidade ao conto, o autor elogia o memorialismo de Pedro Nava e Helena Morley e a escrita de si. Em 6 de abril de 1987, confessa a Otto Lara Resende: "Veja o Rousseau, o Léautaud, o Manu, o Nava — o que interessa, na vida e na literatura, é o coração deflorado do homem".

4 março 86

Rubem:

O seu Recado da Primavera, Rubem, que belíssimo livro: um vero clássico da lingua. Voce escreve e pensa tão bem quanto o grande Machadinho. O Nava ou Manu. Voce é um sabio, Rubem. E ninguem faz nada que preste (como em vão pretendem esses bestalhões pomposos por aí) sem saber das coisas.

Para mostrar que li com atenção: P. 12 - "Moderno(a) você é..."

P. 15, 16, 18: Por que a barra no fim dos versos?

P. 48: "... concordaram em que realmente o papel seria ir a Sevilha..." Soa engraçado; gíria da epoca? No sentido de o melhor, o fino, o pico?

P. 87, sobre o G.Rosa: "... que "viver é muito perigoso". Um escritor mineiro localizou a mesma frase em Goethe." Seria o Franc. I. Peixoto? Uma epigrafe no seu livro de contos? A frase é da V. Woolf em Mrs. Dalloway (não tenho o original), ed. Globo, trad. M. Quintana, p. 18: "... sempre sentira que era muito, muito perigoso viver, por um só dia que fosse."

Grande abraço muito saudoso do seu velho

17 agosto 86

Rubem:

       Deliciado, banhado em espuma
de lirios e rosas, reli e tresli O Verão
E as Mulheres (já pensou em novo titulo
para O Homem Rouco?). O seu melhor livro,
como achava o Bandeira? Dificil dizer.
Para mim todos os seus livros são melhores. Voce é um dos poucos grandes, Rubem
(se nem todos sabem disso, azar deles).
Suas graças de estilo são de um Bernardes
moderno; tambem ele entendia de bicho,
floresta, mulheres (só as pecadoras).
Sua ciencia do mundo a propria de um
Montaigne, por que não? Um vero classico
vivo. Em toda pagina, lá está a sua unha
cravada do gigante. Na experiencia de vida,
na lição de sabedoria, no fagueiro trato
com as mulheres. Rouco e aflito, sim.
Mas nenhum ranço ressentido, mesquinho,
pequeno (que tanto desmerece a obra do
G.Ramos). Seu lugar, Rubem, é na mão direita do nosso Machadinho. Abraço saudoso,

"Grande sertão: veredas":   23/12/67

"Reza é que sara da loucura" (17)
"Mor: toda saudade é uma espécie de velhice" (41)
"Ficar calado é que é falar aos mortos" (48)
"No sertão, até enterro simples é festa" (59)
"A noite é um piorsê demora" (203)
"Eu vendo agora, me bebeu; eu vendo capim, me pisou; e me
  ressoprou, eu vendo cinza" (329)
"Um dia é todo para a esperança, o seguinte para a desconsolação" (403)
"picardo fumo no couro da mão" (409)
"Diadorim... foi a inspeção tão formosa da minha Nossa Senhora d'Abadia!" (415)
"Louvado seja N.S. Jesus Cristo!
 – Para sempre!" (490)
"Licação boa é decidido de dar" (500)
"Eu já fazia tempo que ou não pensava naquela na cara, entrava de Dia-
dorim" (572). togo, Diadorim fazia a barba?
"cabelos... tocado de dar pra baixo da cintura" (586).

                                    29/1/68.

BEIRA-MAR, PEDRO NADA:
prostitutas... Então estava, sentado fiquei (p.27)
Dei-lhe sentorios (p.37) uma vez que outra
azquilhos, bolos, hervidooles de dona M. (bolinho assado no forno)
apesar o nome da menina (60)
em poia de verde (61) - (pão act. ou bolo grande)
elas passaram braço dado aos rapazes (66)
os bordéis... açougues noturnos (69)   vaguidão de míope
sorriu a meio (124) a puta exercia
modos suaves, falas macias, olhos doces (129)
a Agente H-21, a própria Mata-Hari (131)
aparecem num regaelo, num dente oscavalado, numa trança, num riso,
numa cara inteira, num esquivar de buda, num revoleio de cadeiras... (133)
do afeto de quem pode vir um beso apaixonado, uma bofetada em la
roca o punezos en el mate. (134)
contorcendo-se que nem escorpião pisado. (136)
Nós eramos aquela furia e aquela chama que o tempo aplaca e
apaga - deixando na boca esse gosto de cinza. (143)
aqueles olhos prodigiosos eram mesmo dois, os raniras doces, os conchos
dos orelhos par, as vetades do boca decalques. (187)
olhos gateados (189) centenares de bichos
nosso falante, gorgolante e tumultoso (189)
uma górgora míore atormentada pelos próprios serpentes. (190)
tenha ele, ali, regurando na mão a própria cabeça (que ele fora
cortada. (196)
falavam na lingua do são. (196)   (205)
tentam drorgar, main-se drogar, faleem drogar, opinam drogar.
não só abatida, envelhecida, mas desvanecida como fotografia que
se descora. (206)
Morituri mortui: dos mortos, os que vão morrer.
Mesmo com fome, abstinha-se... (208)
com Venus valgivaga e totente. (210)
nem a besoura dos boubos (212)
o bouleira com a bunia, a pia (225)
Que acaso? que ar? que ovija? (227)
pincené equilibrado no raso (228) já de torna viagem.

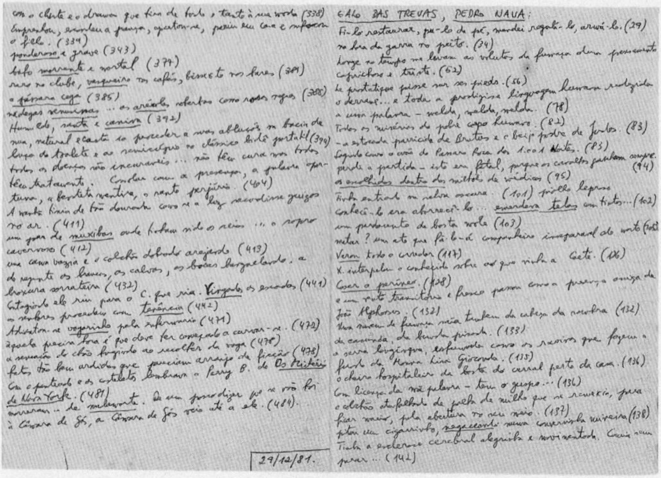

com o chefe e o drama que tinha de todo, tanto à sua volta (338)
Empertigou, [illegible] a pança, ajeitou-se, pediu seu café e reforçou
o filho. (339)
ponderoso e grave (343)
bafo morrante e mortal (379)
raro no clube, vasqueiro nos cafés, bissexto nos bares (381)
o pássaro cego (385)
nádegas [illegible] ... as aréolas rebentas como rosas rogas (388)
Humildo, santo e canino (392)
[illegible], natural e casta ao proceder a suas abluções na bacia de
louça do toalete e ao semicírculo no clássico bidê portátil (394)
todos os doentes são incuráveis ... não têm cura nos todos
têm tratamento. Condou com a presença, a palavra opor-
tuna, a bondade mentira, o santo perjúrio. (404)
A [illegible] tinha de três dourado como se a luz [illegible] gregos
no ar. (411)
um par de muxibas onde tinham sido os seios ... o sopro
cavernoso (412)
uma cama vazia e o colchão dobrado arejando (413)
de repente os brancos, os calvos, as bocas [illegible]. a
bruxaria sorrateira (432)
Contagiando ele riu para o C. que ria. Virgando as escadas (441)
os senhores procediam com terência (442)
Adiantou-se vagarinho pela enfermaria (471)
àquela precisa hora é que deve ter começado a carvar-se. (472)
a sensação do chão fugindo ao recolher da vaga (476)
fatos tão bem urdidos que pareciam arranjo de ficção (478)
Com o penteado e os costeletas lembrava o Perry B. de Os Mistérios
de Nova York. (481)
morreram ... de malemorte. Se eu posso dizer que se não foi
à Câmara de Gás, a Câmara de Gás veio até a ele. (484).
29/12/81.

GALO DAS TREVAS, PEDRO NAVA:
Fi-lo restaurar, pu-lo de pé, mandei regalá-lo, armá-lo. (29)
na hora da garra no peito. (34)
longe no tempo me levam as volutas da fumaça d[illegible] pensamento
caprichoso e triste. (52)
[illegible] (56)
o [illegible] ... e toda a prodigiosa linguagem [illegible]
a uma palavra – [illegible], [illegible], [illegible]. (78)
Todas as misérias do pobre corpo humano. (82)
– a estocada parricida de Brutus e o beijo podre de Judas. (83)
Seguido como o anão do Pássaro Roca das 1.001 Noites. (83)
perde a partida – isto era fatal, porque os cavalos ganham sempre. (94)
os escolhidos dentre dos milhões de médicos (95)
Tinha entrado na selva oscura. (101) [illegible] leproso
conhecê-lo era aborrecê-lo ... emendava telas com tintas ... (102)
um pardacento de bosta mole (103)
meter? um ato que fá-lo-á companheiro inseparável do morto (105)
Verou todo o corredor (117)
X. interpela o [illegible] sobre o que vinha a Caeté. (126)
Coser o períneo. (128)
e um [illegible] transitório e fresco passou como a presença amiga da
João Alphonsus. (132) [illegible] da cabeça da [illegible] (132)
Uma nuvem de fumaça [illegible] (133)
da [illegible], da [illegible]
a serra [illegible], esfumada como os [illegible] que fazem o
fundo da Mona Lisa Gioconda. (135)
o cheiro hospitaleiro da bosta do curral perto da casa. (136)
Com licença da má palavra – tem o gesso ... (136)
o colchão estufado de palha de milho que se [illegible], para
ficar macio, pela abertura no seu meio. (137)
pitou um cigarrinho, negaceando numa conversinha mineira (138)
Tinha a esclerose cerebral alegrinha e movimentada. Caçoava sem
parar ... (142)

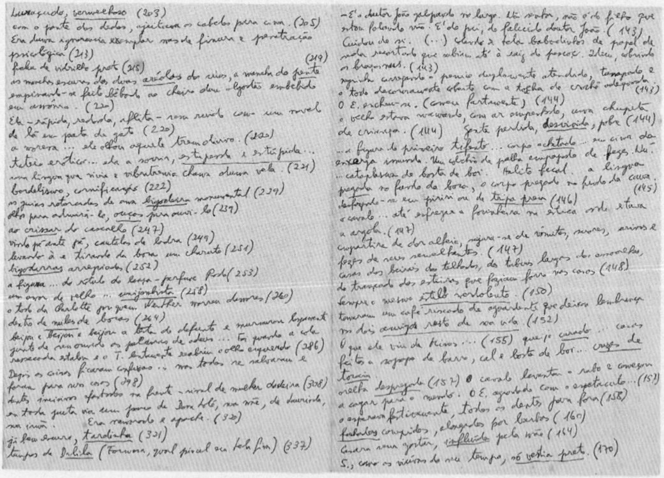

Lunarejado, vermelhoso (203)
com a ponta dos dedos, ajeitava os cabelos para cima. (205)
Era duma ignorância exemplar mas de finura e penetração
psicológica (213)
falta de vibrilho prat (215)
as manchas escuras das duas aréolas dos seios, a mancha do pente (219)
empinando-se feito bêbado ao cheiro duma [illegible] embebido
em amônia. (220)
Ela – rápida, redonda, aflita – rosa [illegible] como um novelo
de lã em pata de gato (220)
a morena ... ele olhou aquele tremolino. (220)
Tateio erótico ... ela a sorria, estupenda e estúpida ...
uma língua que vivia e vibrava como chama duma vela. (221)
bordelismo, cornificação (222)
as pernas [illegible] de uma bigodeira monumental (229)
olhos para admirá-lo, ouços para ouvi-lo (237)
ao crissar do cascalho (247)
vindo pé ante pé, cautelas de ladra (249)
levando à e tirando da boca um charuto (251)
bigodeiras arrepiados (252)
a figura ... do rótulo do loção-perfume Pinto (253)
um ovo de velho ... emijombito (258)
o todo da Charlotte por quem Werther morreu de amores (260)
dentro de miles de bocas (264)
beijou e beijou e beijou a testa do defunto e murmurou baixinho
junto de seu ouvido as palavras de adeus ... Foi quando a cela
ressecada estalou e o T. lentamente reabriu o olho esquerdo (286)
Depois as coisas ficaram confusas ... mas todos se salvaram e
foram para suas casas (298)
dentes incisivos afastados na frente – sinal de mulher dadeira (308)
em toda parte via um jarro de Dona Lola, sua mãe, da [illegible],
sua irmã. Era [illegible] e apache. (320)
já bem escuro, tardinha (321)
tempos de Dalila (Formosa, qual pincel em tela fina) (337)

– É o doutor João galopando no largo. Não senhor, não é o filho que
estou falando não. É do pai, do falecido doutor João. (143)
Cuidou de si. (...) [illegible] à tela babadinhos de papel de
seda recortado que subiam até à raiz do pescoço. Iliou, abrindo
os braços [illegible]. (143)
[illegible] – parecia [illegible] atendido, [illegible] e
o todo [illegible] com a toalha de crochê adequada (143)
O E. inchou-se. (corou fortemente) (144)
o velho estava mamando, com ar suspendido, uma chupeta
de criança. (144) Gente perdida, desvalida, pobre (144)
... a figura do primeiro tifento ... corpo achatado ... em cima da
enxerga imunda. Um colchão de palha empapado de fezes. Na
... cataplasmas de bosta de boi. Hálito fecal. a língua
pegada no fundo da boca, o corpo pregado no fundo da cama. (145)
desfazendo-se em pirão ou de tripa preta (146)
o cavalo ... até esfregar a focinheira na estaca onde estava
a argola. (147)
[illegible] de dor alheia, mijava-se de vômitos, suores, urinas e
fezes de seus semelhantes. (147)
casas dos beirais dos telhados, das tábuas largas dos [illegible],
do trançado das esteiras que faziam forro nas casas (148)
sempre o mesmo estilo [illegible]. (150)
tomaram um café riscado de aguardente que deixou lembrança
nos dois amigos resto de sua vida. (152)
O que ele viu de Minas ... (155) queijo curado ... casas
feitas a sopapo de barro, cal e bosta de boi ... cruzes de
toucinho
orelha despregada (157) O cavalo levantou o rabo e começou
a cagar para o mundo. O E. agoniado com o espetáculo ... (157)
o esperava fantasticamente, todos os dentes para fora (158)
fedelhos compridos, alongados por barbas (160)
Casara sem gostar, influída pela mãe (164)
S., como os viúvos do seu tempo, só vestia preto. (170)

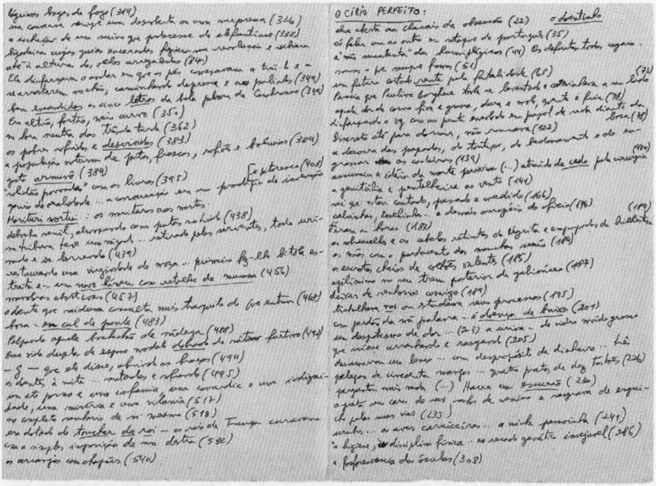

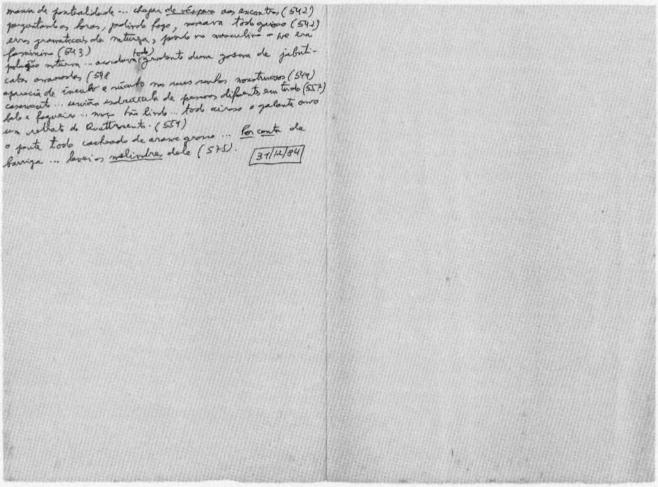

© Dalton Trevisan, 2010, 2025

Todos os direitos desta edição reservados à Todavia.

Grafia atualizada segundo o Acordo Ortográfico da Língua Portuguesa de 1990, que entrou em vigor em 2009.

conselho editorial
Augusto Massi, Caetano W. Galindo, Fabiana Faversani, Felipe Hirsch, Sandra M. Stroparo
estabelecimento de texto e organização do canteiro de obras
Fabiana Faversani
capa
Filipa Damião Pinto | Estúdio Foresti Design
imagens de capa e do canteiro de obras
Acervo Dalton Trevisan/ Instituto Moreira Salles
ilustração do colofão
Poty
preparação
Jane Pessoa
revisão
Huendel Viana
Érika Nogueira Vieira

Dados Internacionais de Catalogação na Publicação (CIP)

Trevisan, Dalton (1925-2024)
Desgracida / Dalton Trevisan. — 1. ed. — São Paulo : Todavia, 2025.

ISBN 978-65-5692-829-6

1. Literatura brasileira. 2. Contos. I. Título.

CDD B869.93

Índice para catálogo sistemático:
1. Literatura brasileira : Contos B869.93

Bruna Heller — Bibliotecária — CRB 10/2348

todavia
Rua Fidalga, 826
05432.000 São Paulo SP
T. 55 11. 3094 0500
www.todavialivros.com.br

Publicado no ano do centenário de
Dalton Trevisan. Impresso em papel
Pólen natural 80 g/m².